CUENTOS Y

De un país que llaman PURA VIDA

Libro I

Roger Lorenzo Barboza

Setiembre 2019

ÍNDICE

PÁGINA — TÍTULO

AGRADECIMIENTO

Gracias

A mis padres

A mi familia

A mis amigos

A mis enemigos

A los libros que yo leo

A la pluma con que escribo

Y a la musa que me inspira.

Gracias a ti Madre Tierra

Y gracias a tu Padre que es el mío.

Gracias.

INTRODUCCIÓN

CUENTOS Y POESÍAS
DE UN PAÍS AL QUE LLAMAN "PURA VIDA"

Pura vida es una frase de Costa Rica que se puede utilizar en casi cualquier situación. Por ejemplo, se usa para decir "Hola", "Todo va bien", "¡Buenos días!", "¡Bien!", "Bienvenido", "No te preocupes", "¡Fantástico!", "Adiós" y hasta para preguntar: ¿Todo bien?

"Pura vida" literalmente significa "Una vida pura". Pero, como en la mayoría de los modismos, el significado real va más allá del significado literal. Para entender y usar correctamente la frase "Pura vida" es necesario conocer la cultura del país.

"Pura vida" no es simplemente una frase, es una forma de vivir, es una relación con la naturaleza (La "Madre Tierra") y con las personas que nos rodean (amigos o enemigos). Es una forma de comportamiento, y definitivamente, una manera de captar y trasmitir el espíritu de la vida.

Con la lectura de estos “Cuentos y Poemas”, el lector o lectora, además de disfrutar la belleza de las narraciones, estará viviendo al mismo tiempo la idiosincrasia del costarricense, y, de forma intuitiva, estará absorbiendo el verdadero sentimiento de lo que es “Pura Vida.”

Los cuentos y poemas no son lecciones académicas con explicaciones y ejemplos aburridos. Son poemas y cuentos reales de alguien que nació y vivió en Costa Rica, donde el espíritu del “Pura Vida” aflora en cada verso.

Este es mi pacto contigo, querido lector o lectora, que con la lectura de estas narraciones captes el espíritu que vive en el corazón de esta frase.

Gracias,
Roger Lorenzo Barboza

CONTAR CUENTOS

Quiero contar cuentos de todo a todos
Contar cuentos a niños, a jóvenes y a viejos
Cuentos de mi tierra, del río, del monte y del cielo.

Recordar los cuentos de la mañana
Vivir los cuentos del día
Y adivinar los cuentos de la noche.

No quiero olvidar ninguna historia
Ni siquiera las incompletas
Ni las malas, ni las tristes, ni las feas.

Voy vestido con ellas, adornado con ellas
Aprendo, río, lloro, sufro con mis cuentos
Que me atan con amigos y enemigos.

Ninguna historia separa nada de nada
Historias de amor y desamor nos une a todos
Ellas son el engrudo que nos amarra a la vida.

Yo tengo la obligación de contarlas
Pediré cuentos prestados si se acaban los míos
Me convertiré en ladrón de cuentos si es preciso.

No permitiré que se acabe el pegamento
No permitiré que se acaben las historias
Este es mi compromiso con el cuento.

QUIERO

Quiero regresar sobre las huellas
Perdidas en el paso de los años,
Y traer a mi escurridizo presente
Las historias que me pertenecen.

Quiero sentir el fresco respirar
de la candorosa aurora
clavando emociones verdaderas
sobre almas y corazones que esperan.

Quiero entrar al denso bosque,
zarandear el árbol más alto,
y mirar las hojas desprendidas
portando cuentos y poesías.

Quiero palpitar con el tiempo,
ir al concierto de estrellas y planetas
y aceptar el llamado de la vida
invitándome a bailar con ella.

LLUVIA

Cuando llueve,

La naturaleza canta

Los pajarillos alzan vuelo

Y se abren las puertas del cielo.

Cuando llueve,

Gotitas de agua cubren

El césped de los parques

Con alfombras de diamantes.

Cuando llueve,

Delgados hilos de plata

Se deslizan por las ventanas

Y nuestras almas engalanan.

Cuando llueve,

El agua baja sin aviso

Y ligera cae sobre tu piel

Como dulces gotitas de miel.

Cuando llueve,

Pasamos a la sala

Y juntos compartimos

Chocolate y tamalitos.

Cuando llueve

Yo respiro y te veo

Te oigo y te hablo

Te quiero y te amo.

Cuando llueve,

Tú respiras y me miras

Me oyes y me hablas

Me quieres y me amas.

Cuando llueve,

Tú, y yo

Tenemos permiso

De entrar al Paraíso.

CASAS Y GOTERAS DE MI PAÍS

I

A mi papá le gusta cuando llueve

Dice que la lluvia es buena para los cultivos

Pero mamá dice que es mala para el reumatismo.

Las bisagras de las puertas y ventanas cantan

Hacen "¡Crack!" cuando bailan con el viento

Mi mamá dice que les falta aceite

Pero mi papá dice que les sobra herrumbre.

La lluvia herrumbra todo, especialmente el techo

Que por todo lado se llena de agujeritos

La herrumbre es una fábrica de goteras

Y mamá insiste que papá debe arreglarlas

"¡Después!" Dice él. "¡Cuando escampe!"

II

A mi casa también le falta un poquito de pintura

"¡Ya ni se sabe de qué color era!" Dice mi madre

"Eso se arregla fácilmente", dice mi padre

Pero mi mamá dice que no

Que falta lo más importante:

¡Voluntad para hacerlo!

Y mi papá dice que voluntad sobra,

Lo que falta es plata.

III

"Las medicinas cuestan mucho, viejo"

Dice mi madre cuando estamos malitos

"Comeremos menos pan", responde mi padre.

"Este diciembre solo alcanzó

para comprarle un juguete al niño", dice mi padre

"Está bien viejo, con eso tenemos", dice mi madre

¡Qué calamidad! ¡La pobreza es una gotera social!

IV

¿Te enteraste que José el aduanero está en la cárcel?

Sí, vieja, ¡eso le pasa por meterse en contrabandos!

¿Y supiste que a Nando, el policía, lo despidieron?

Sí vieja, está bueno, eso le pasa por ser deshonesto.

¿Y que al diputado Pérez lo pescaron con drogas?

¡Que lo arresten! Pero, siendo diputado, ¡quién sabe!

¿Ves? ¡La corrupción es también una gotera social!

V

Mi país tiene muchas goteras sociales que corregir,

Pero, como dicen mis padres,

"¡Debe haber voluntad para arreglarlas!"

"¡Aunque debamos esperar a que escampe para hacerlo!"

CAMINO DE MI TIERRA

I

"Yo soy el camino, Madre Tierra".

Aquí me hicieron, aquí nací, aquí crecí

Corro por las ondulaciones de tu cuerpo

Me crearon para subyugarte

Terca, rebelde y obstinada eres

Quieres conservar tu forma salvaje

No me aceptas en tu superficie

Vivo con parches que me ponen

Para sanar heridas que tú me infringes.

II

Aunque fuerte, sufro fácilmente

Me desgasto cuando arremetes

La roca que arrojas daña mi superficie

Mi solidez se deshace en arena

Acéptame como soy, Madre Tierra

Un invento imperfecto de mis padres

Un perdedor de batallas contra el tiempo

Una línea minúscula en el espacio

Un parche artificial sobre tu piel.

III

Atesoro cada momento contigo

El calor del sol por la mañana

El cosquilleo de pies pequeños camino a la escuela

La frescura de la lluvia por las tardes

El canto de amor de la luna por las noches

Las caricias de dos corazones que son uno

El regocijo de vivir juntos

La alegría de ser tu amigo.

"Madre Tierra, yo soy tu camino".

EL RIO QUE PASA POR MI PUEBLO

I

Por mi pueblo pasas, Río

Pequeño en el verano, grande en el invierno

Vestido de blanco por las rocas en que chocas

Cantas con las avecillas de la primavera

Lloras con las tormentas del otoño.

II

Los niños juegan contigo

Las madres lavan su ropa

Los padres te confiesan sus penas

Las muchachas deshojan margaritas

Y lanzan pétalos de esperanza al agua.

III

Eres testigo de mi vida y la de todos

Cada nota de nuestra historia está en tus aguas

Sin permiso te has llevado dolores y alegrías

Te marchas entre rápidos y remansos

Y nos dejas sin respuestas día tras día.

IV

Te marchas del pueblo sin vergüenza

Gritando a los cuatro vientos lo que llevas

Con el mayor descaro te guardas todo

Viajas con secretos de amigos que conozco

Y ocultos misterios de enemigos que ignoro.

V

Quiero navegar contigo, Río

Buscar lo que te llevaste

Encontrar las palabras que no escribí

Encontrar los eventos que no viví

Encontrar los amores que no alcancé.

VI

Quiero viajar contigo, Río

Ver cómo te mezclas con otros ríos

Mirar cómo absorbes aguas y secretos

Hasta formar un mar enorme, imponente

Conteniendo todas las aguas del universo.

VII

Entonces conoceré todos tus tesoros

Hallaré todas las palabras del cosmos

Te las robaré sin vacilación

Y las estamparé una a una

En la memoria de mi pueblo.

MONTAÑAS

Mi rutina de niño comenzaba en la mañanita con la batalla contra los duendes del sueño que hacían muy difícil el abrir los ojos, continuaba después con la ceremonia del baño, quitándome el pijama, poniéndome la bata de baño, jalando agua en balde porque el agua se iba a las seis, vistiéndome, y terminaba con el desayuno de un delicioso cafecito con leche acompañado de pan con mantequilla, y, si la buena suerte visitaba la casa, un poco de natilla con sal.

Cuando abría la puerta de la casa camino a la escuela, me recibía el día desbordado de energía. El aire de la mañana me daba la bienvenida con un abrazo de frescura y un beso de sol en mis mejillas. Mi casa se orientaba al norte y estaba construida a un nivel más alto que las del frente, nada bloqueaba la vista y al abrir la puerta se veían imponentes las montañas de la Cordillera Volcánica Central.

Allí se encontraban los volcanes, el Poás al centro, los tres cerros del Barba a su derecha, y, volviendo la vista hacia el este, estaba el grandioso Irazú. Llenos de luz yacían el Poás y el Barba, y, en penumbra estaba el Irazú con el trabajo de cargar con el sol a cuestas cuando amanece.

De niño admiraba ese paisaje. Me hacía afrontar el día con una sonrisa, excepto cuando amanecía lloviendo porque de veras era muy incómodo caminar con los útiles escolares al hombro y la pesada capa impermeable con su capucha cubriéndome el cuerpo y la cabeza.

De viejo, me doy cuenta que las altas montañas y la lluvia han sido factores primordiales para la prosperidad y la riqueza del país. Ellas son un tesoro para la vida de todos. Debido a ellas tenemos ríos que proporcionan agua potable, irrigación y electricidad.

El país tiene otras cadenas montañosas: la Cordillera volcánica de Guanacaste, los montes al sur de San José y la Cordillera de Talamanca. Unas son volcánicas, otras son formidables macizos de granito. Ellas, junto a la Volcánica Central, forman la poderosa columna vertebral del país.

Es mucha suerte que tengamos estas montañas, aunque a veces nos asustan con temblores y terremotos que hacen que doña Hortensia, nuestra vecina, salga a la calle y se hinque mirando al cielo con los brazos en cruz implorando: ¡Dios mío! ¡Señor! ¡Protégenos! ¡Protégenos!

Las montañas forman un escudo natural que nos regala tres climas que son una fortuna para la agricultura y la vida silvestre: el Atlántico caliente y húmedo, el valle central templado con menor humedad y el Pacífico caliente y seco.

Estos climas, además de ser una bendición para los cultivos, son un santuario para cientos de árboles, arbustos, flores y animales, incluyendo por supuesto, como dice mamá, "las avecillas que endulzan los amaneceres y ocasos."

Estas magníficas montañas, fuertes como guerreros romanos, resguardan el territorio nacional. Unas veces nos protegen y otras nos castigan – "algo así como el cinturón de mi papá cuando éramos pequeños y nos portábamos mal" – pero siempre están allí, despiertas, poderosas, inspirando respeto y admiración. ¡Ellas son un regalo de la naturaleza!

MANGLARES Y VIDA

Siempre admiraba los manglares durante mis visitas a Puntarenas cuando estaba de vacaciones de 1949 a 1954. Desde muy pequeño mi papá y mi mamá me llevaban de paseo allí, una vez al año, en enero o febrero. Yo podía ver los manglares desde la ventanilla del tren. Un bosque homogéneo de árboles pequeños vestidos con el mismo uniforme.

Me llamaba la atención que este bosquecillo, creciendo en medio del estero de Puntarenas, solo tenía un tipo de vegetación, arbolitos de color verduzco con una altura de tres o cuatro metros. Por lo menos, así me parecía cuando los veía de lejos.

Desde la ventanilla del tren podía observar canales que se perdían a lo lejos hasta llegar al corazón del manglar. Yo me preguntaba adónde irían y mi imaginación se llenaba de imágenes de aves exóticas y animales feroces viviendo allí a escondidas del ser humano.

Veía garzas blancas revoloteando sobre las copas de los árboles y posándose en las ramas de los arbustos. También estaba seguro que había cocodrilos inmensos capaces de tragarse un bote entero con todos sus tripulantes.

Me atemorizaba la idea de encontrarme frente a frente con esos feroces cocodrilos y otros monstruos que no conocía. Pero, a pesar de esto, me atraía la belleza y la serenidad de los canales, así como la posibilidad de aventuras navegando por ellos.

Me decía, "esos cocodrilos gigantes, no deben ser tan fieros porque veo que los botecillos entran y salen de los canales con sus tripulantes sanos y salvos." Si ellos sobreviven, yo puedo hacerlo también.

Y finalmente llegué a hacerlo ¡Qué aventura, navegar por estos territorios desconocidos, con la constante presencia de mágicos y peligrosos canales, repletos de hermosura y de cosas nuevas qué aprender!

¡Qué aventura, arriesgase por el gozo de ver cara a cara el mundo y su belleza, y de sentirse en harmonía con las plantas, animales y amigos que se encuentran en cada viaje! ¡Qué aventura!

LA VENTANA ROTA

En 1950 tenía ocho años. Un día se murió un señor del barrio. Dicen que murió de un ataque al corazón provocado por el disgusto que sufrió cuando alguien rompió el vidrio de su ventana. Nunca se supo por qué se quebró. Sobre este tema yo le decía a Juan Rafael:

—Juan Rafael, ¿cómo es posible que alguien se muera porque se quiebre una ventana?

— Rogelio, esa era una ventana muy cara. Era enorme y cubría toda la fachada. El vidrio era especial, oscuro hacia adentro y claro hacia afuera, no se necesitaban cortinas. Era carísima.

— Qué tontería Juan Rafael, las cortinas hubieran sido más baratas. Además, ¿quién usaría un vidrio tan delgado que se rompió apenas con el simple golpe de una bola de futbol? ¡Seguro que murió de otra cosa!

— Rogelio ¿Qué es eso de que una bola de futbol quebró el vidrio? Nadie sabe a ciencia cierta por qué se quebró, dicen que se rajó por el temblor de la semana pasada.

Mi mamá me llevó al entierro y para hacerme compañía, invitó a nuestro vecinito, Juan Rafael, que era un año mayor que yo. Juan Rafael era mi compañero de juegos. Mi mejor amigo y consejero. Este era el primer entierro al que íbamos y yo hacía muchas preguntas.

— Juan Rafael, ¿Cuándo alguien muere, adónde se va?

— Al cementerio, Rogelio, al cementerio.

— No seas tonto, Juan Rafael, me refiero al alma.

— El alma sale del cuerpo cuando la persona se muere, pero se queda en la casa, calladita para no asustar a la gente del velorio.

— ¡Mentiroso!

— Es cierto. Después acompaña el cuerpo a la iglesia y al cementerio. Se va sentada junto al cochero, calladita para no asustar ni a él, ni a los caballos de la carroza fúnebre.

— ¡Otra vez mentiroso!

— Cuando todo termina, cierran la fosa, y el alma se va al cielo, calladita para no asustar a los vivos y muertos del cementerio.

— ¡Requetementiroso!

Después del entierro, regresamos caminando al barrio, pero eso del alma, calladita e invisible, no me dejaba en paz. Quería saber más y le pregunté a Juan Rafael:

— *Cuando llega el alma al cielo, ¿qué hace?*
— *Le dan un cuarto con paredes de nubes para vivir. Entre mejor portada es la persona en vida, mejor es el cuarto que le dan. ¡Desde allí lo ve todo!*
— *¿Todo? ¿Nos puede ver a nosotros?*
— *Claro que sí, Rogelio.*
— *¡Ah! ¿Puede ver lo que pasó la semana pasada?*
— *Por supuesto. Me imagino que lo primero que va a hacer es ver quién le quebró el vidrio de su casa.*

Me quedé frío al oír eso. Pasé días muy preocupado y muchas noches sin dormir. Temía que el alma regresara a cobrar venganza, pero no pasó nada. Seguro que eso del alma vengativa era otra mentira del hablador Juan Rafael. O quizás fue porque mamá le entregó a la viuda un sobre con plata para la reparación de la ventana.

TUZO Y LITO – Una historia de boxeo y amistad

Tuzo Portuguez es el mejor boxeador que ha producido Costa Rica. Él conquistó títulos internacionales muy importantes en su carrera. Es una gloria en la historia deportiva del país.

Tuzo fue una inspiración para la generación de boxeadores de su época. Fue un maestro y un amigo para muchos muchachos y hombres que se atrevieron a participar en el deporte del boxeo.

Mi tío Rafael Ángel Barboza, "Lito", fue uno de ellos. Lito fue un boxeador "amateur" y participó en muchas peleas nacionales y en algunos programas de boxeo en Nicaragua y Panamá durante su carrera. Boxeaba en la misma categoría de Tuzo por lo que a menudo "hacía guantes" con él, y aunque era un buen boxeador, jamás estuvo a la altura boxística de Tuzo.

La amistad se incrementó cuando los dos se retiraron del boxeo porque, por azares del destino, ambos tenían su residencia en Río Segundo de Alajuela. Tuzo tenía allí una linda quinta que había construido con sus ganancias de las peleas fuera de Costa Rica. Mi tío Lito alquilaba una casa allí porque trabajaba de bombero en el aeropuerto Juan Santamaría, localizado a poca distancia de este pueblo.

La casa de Tuzo era grande y espaciosa. La casa de mi tío era modesta pero muy cómoda y su esposa Soledad la mantenía siempre muy limpia. Tenía un garaje al frente. Era un garaje "a la tica", pequeño, construido para un carro solamente, con un techo de láminas de zinc corrugado apoyadas sobre cuatro postes de madera lo suficientemente gruesos para evitar que el techo se cayera con los vientos y las lluvias. No tenía paredes. El piso era de tierra. Las dimensiones, por cosas del destino, se aproximaban a las de un ring reglamentario. Lito ponía unos mecates de poste a poste convirtiendo su garaje en un improvisado ring donde hacía guantes con su vecino y amigo Tuzo.

Soledad, su esposa, llevaba limonada para refrescar a estos boxeadores retirados durante sus sesiones de entretenimiento. Me imagino que por la mente de ellos pasaban recuerdos de glorias pasadas cada vez que entraban a ese ring casero.

Tuzo, el más fuerte y diestro de los dos, boxeaba con mi tío tratando de no sobrepasarse y lastimarlo. Los dos disfrutaban enormemente con estos ratos de amistad y ejercicio. "Esto nos mantiene en forma", le decían a mi tía.

Una noche de diciembre Tuzo llegó a la casa de Lito y le dijo: "En Golfito me están pidiendo que haga una pelea de exhibición; es muy fácil, nos vamos por Lacsa el sábado en la mañana, peleamos en la noche, y regresamos el domingo. Nos pagan todos los gastos y un poquito más por la exhibición. ¿Qué decís? ¿Vamos?". Lito no lo pensó dos veces y dijo: "Claro que sí, vamos, será como hacer guantes en el garaje".

Y así, los dos salieron para Golfito el sábado. Regresaron, como estaba planeado, el domingo. Mi tía Soledad fue a recibirlos al aeropuerto. Su sorpresa fue verlos lleno de moretes y chichotas en sus caras, los dos parecían que venía de un campo de batalla y no de una pelea de exhibición. "Qué pasó, preguntó ella". Lito respondió: "Bueno, todo iba muy bien, la pelea era muy limpia y calculada, pero, al comienzo del último round este carajo se abrió mucho y yo vi la oportunidad de noquear al famoso Tuzo Portuguez. En ese momento se me olvidó que éramos amigos y le mandé el derechazo más fuerte que pude, derechito a su mandíbula".

Tuzo agregó: "No sé qué le paso a este cabrón, de pronto sentí un mazazo en la cara y caí al suelo". "¿Y qué pasó después?" Pregunto mi tía. Lito, con una cara de pesar, respondió: "Nada, que Tuzo se levantó a la cuenta de nueve, el réferi le limpió los guantes, verificó que estaba bien para seguir y después se me vino encima como un toro. Yo tuve que defenderme".

"Terminamos ese round peleando de verdad". Dijo Tuzo. "Yo quería sacarme el clavo. Quería noquearlo para darle una lección, hasta lo mandé a la lona una vez, pero de alguna manera este carajo aguantó hasta el final de la pelea".

La pelea la ganó Tuzo por decisión, y, debido a esos fuertes lazos invisibles que atan a los verdaderos amigos, Tuzo y Lito continuaron con la amistad de siempre. Mi tía, todavía asombrada, movía la cabeza de lado a lado cada vez que se acordaba; Tuzo y Lito se morían de risa pensando en la tontería que hicieron. Y, en Golfito contaban, los que vieron la "exhibición boxística", que el último round fue, sin duda, lo mejor que se había visto en un ring costarricense.

SUKIAS Y JAGUARES: *Una leyenda de Costa Rica Original de Roger Lorenzo Barboza.*

La tribu QUETAR quería encontrar una esposa joven y bella para su príncipe. La encontraron en la tribu KIASÚ, pero como era una tribu enemiga, los KIASÚ se negaron al casorio.

Entonces la tribu QUETAR declaró guerra a la tribu KIASÚ. Como QUETAR era la más poderosa de las tribus, ganó la guerra. Mataron a todos los miembros de la KIASÚ, hombres, mujeres y niños, excepto a la joven y a su padre. A la joven la llevaron a la tribu QUETAR para casarla con el príncipe.

Al padre de la joven, que era el Sukia o Shamán de la tribu KIASÚ, lo mataron bajo la sombra de una ceiba. Lo decapitaron y amarraron la cabeza en la cima del árbol más alto, sostenida por una estaca vertical, como una advertencia de lo que le podría pasar a otras tribus que quisieran rescatar a la joven.

Este árbol era el árbol mágico de los KIASÚ. A él comenzaron a llegar mariposas amarillas y negras que eran los espíritus de los niños inmolados. También llegaron aguiluchos que eran los espíritus de los hombres KIASÚ asesinados. Pajarillos Petirrojos arribaron. Llegaron también palomas blancas y grises que eran las almas de las mujeres del pueblo ultimadas por los QUETAR y finalmente llegaron dos quetzales.

La cabeza del sukia observaba las cualidades de todos los espíritus que llegaban al árbol. Solo faltaba un ingrediente para amalgamarlos. Este llegó con la lluvia pues el agua poseía una capacidad creadora y destructora enorme, obtenida primero con la fuerza del agua de los ríos, después con la energía del sol que la convierte en nubes, y, finalmente con la potencia de tormentas, truenos y rayos.

Entonces, la cabeza del Sukia se transformó:

- Las palomas blancas le dieron los huesos.
- Los aguiluchos los músculos.
- Los petirrojos la sangre.
- Las mariposas amarillas y negras su piel.
- Los quetzales le dieron los ojos verde esmeralda.
- La lluvia le concedió la fuerza y la energía.
- La sabiduría fue un regalo de la Madre Tierra.

La cabeza del sukia se había convertido en un bello y temible jaguar. Terminada la transformación el jaguar comenzó su viaje hacia la tribu QUETAR en busca de la joven y en busca de venganza.

La tribu QUETAR tenía una empalizada que la rodeaba y la protegía de enemigos y animales salvajes. Sin embargo, tenían que salir a cultivar maíz, a recoger pejibayes y a cazar animales. Las mujeres a lavar la ropa y bañar a los niños en el río.

El jaguar comenzó a ejecutar su venganza atacando a los miembros de la tribu QUETAR cuando salían de la empalizada. La tribu entonces cerró las puertas de la empalizada para evitar que "la bestia" siguiera haciendo estragos en la tribu. Tenían provisiones para sobrevivir mucho tiempo y un pozo de agua dentro de la empalizada que proveían todo lo necesario.

Por varias semanas no hubo incidentes con "La bestia". Creían que se había ido y para cerciorarse decidieron mandar una persona afuera que trajera pejibayes del árbol cerca del río, a trescientos metros de la empalizada. Como no querían exponer a ningún miembro de la tribu decidieron mandar a la joven KIASÚ secuestrada.

Ella salió y regresó sin problemas porque, como era hija del sukia convertido en jaguar, éste no la atacó.

Como los QUETAR no sabían esto, creyeron que la bestia se había marchado. Abrieron las puertas de la empalizada y salieron sin miedo. Entonces el jaguar los atacó y mató a todos excepto a la joven secuestrada. Así cumplió su venganza el sukia.

Luego, la joven se montó en el lomo del jaguar. Cabalgaron hasta una tribu vecina donde la joven se quedó a vivir el resto de sus días.

El jaguar regresó a la selva, pero desde ese día, los sukias tienen la facultad de convertirse en jaguares, y, cuando es necesario, ellos toman la forma de estos felinos y adquieren la fortaleza física, la sagacidad, y la sabiduría que los convierte en feroces bestias para los enemigos y verdaderos protectores para sus tribus.

EL NIÑO DE LOS MANGOS

Es una mañana de octubre de 1952 en San José, ciudad capital de Costa Rica. El lugar se llena de música con los motores de camiones y autos, con el trote de carretones tirados por caballos y con el murmullo propio de las personas que van camino a sus actividades por las calles y aceras de una ciudad limpia y ordenada.

Es el ritmo matutino de la ciudad capital. Grupos de niños sonrientes van rumbo a sus escuelas, adolescentes vivaces se encaminan a sus colegios y adultos afanosos se dirigen a sus trabajos.

Un niño de diez años viaja en autobús mirando por la ventana. Ese niño soy yo. Me gusta viajar en bus. La mayoría de las veces lo hago con mi madre y mi hermana, pero cuando voy a la escuela viajo solo, y me siento junto a la ventana para ver las gentes, las casas, las tiendas, en fin, presenciar la vida cruzando frente a mí.

Desde mi asiento, a menudo, veo un niño caminando rápidamente por la acera, casi corriendo paralelamente a la ruta de mi autobús. Me pregunto, ¿quién es ese chiquillo, sucio, vestido con ropa harapienta, que camina con un cesto lleno de mangos? ¡Mangos verdes!

Esas frutas pequeñas, de color verduzco y con piel alisada, como los describe doña Carmen, mi maestra de literatura. Son amargos, pero, ¡con un poco de sal saben bien! ¿Dónde los habrá conseguido? ¿En un árbol de su casa o en casa ajena?

Posiblemente los venderá en algún lugar con mucha gente, a la entrada de una escuela, en una parada de buses o en las calles comerciales del centro de la ciudad. ¿Y el dinero que gana, a qué lo dedica? De seguro no lo usa para comprar ropa y calzado pues va muy mal vestido. Tampoco para su educación porque parece que no va a ninguna escuela. Entonces, ¿adónde se va la plata?

Ese niño camina rápido, casi corriendo, porque no puede pagar el pasaje del autobús. Yo soy un chico con suerte. Viajo en bus, mis ropas están limpias, mis zapatos no tienen agujeros y cuando llego a la escuela encuentro a mis compañeros oliendo a limpio como yo, recibiendo una buena educación sin la preocupación de vender mangos y sin el peligro de enfrentar ladronzuelos que roben la fruta o el dinero de las ventas.

Cada día repetíamos la misma rutina. Yo yendo a la escuela en bus y él caminando con su cesto por las calles de San José. Hasta que llegó el momento de ir a la secundaria, y, como ahora sigo una ruta diferente, no he vuelto a verlo.

A la entrada de mi colegio me encuentro una sorpresa: veo varios muchachos vendiendo mangos verdes. Ellos ofrecen la apetitosa fruta cortada en trocitos, en pequeñas bolsas de papel con el borde doblado a manera de ruedo, como cuando doblamos las mangas largas de nuestras camisas al final del día escolar de regreso a nuestras casas.

¿Será alguno de ellos el niño que veía cuando iba a la escuela primaria? ¿Era allí donde se dirigía con su carga? ¿Cuántos muchachitos hay en San José en las mismas condiciones? ¡Tan cerca de las escuelas y colegios, pero tan lejos de una buena educación!

El tiempo pasa rápido y ahora estoy en la universidad. En sus calles aledañas observo hombres y muchachos vendiendo frutas de todas clases, mamones, nísperos, piña, nances y por supuesto, mangos.

Mi memoria me juega trucos y no recuerdo con precisión las facciones del niño vendedor. ¿Será alguno de ellos ese chiquillo que vi en mi infancia? ¡Qué ocurrencia, imaginarme que ese chico me acompañaba siempre y que vendía su mercancía en los mismos lugares donde yo estudiaba!

En 1982 me mudé a un país del norte con mi familia. Allí no había vendedores de mangos. Ni siquiera se les podía comprar en los supermercados donde solo se veían mangos maduros. Nadie los comía verdes.

Un día recibí la agradable sorpresa de ver un arbolito de mango en un parque. Pero no tenía frutas. Solo se usaba como planta de adorno. En ese instante me acordaba de San José y me preguntaba: ¿Dónde estará el niño de los mangos? ¿Seguirá todavía deambulando por las calles de la ciudad vendiendo sus cestos de fruta?

Hoy es 10 de noviembre de 2009. Estoy de visita en San José. Han pasado cincuenta años desde mi último año en el liceo. He regresado a reunirme con mis compañeros para celebrar el medio siglo de graduación. Retorno a enfrentar de nuevo mis recuerdos; a descubrir sendas olvidadas de la ciudad; a viajar en los buses de hoy buscando las vivencias del ayer.

Esta mañana camino por los alrededores del Teatro Nacional. Estoy solo, veo la ciudad que tengo delante de mí. La capital ha cambiado mucho. No hay carretones ni caballos, pero hay más gente, más buses, más taxis, más autos, más edificios y más problemas. El San José de mi infancia es apenas un fantasma escondido en esta ciudad que se erige en su lugar.

Cuando llego a la plazoleta del Hotel Costa Rica se me aproxima un niño, imagen de aquel vendedor de 1952, y me pregunta: "¿Me compra una bolsita de mangos, señor?" "Claro que sí, hijo", le digo. "¿Cómo iba a decirle que no?" Le pago, tomo la fruta, miro los ojos del muchachito y veo en ellos el reflejo de mí mismo. Yo sería ese niño si hubiera nacido un poco más al sur, donde están las casas más pobres del barrio.

“Gracias”, me dice, y después se va caminando de prisa rumbo al Parque Central buscando más clientes. Yo lo escucho alejarse gritando a todo pulmón esas tres dulces y amargas palabras: “¡Mangos! ¡Mangos! ¡Mangos!”

Y esbozo una sonrisa, dulce y amarga, como los mangos verdes.

DESPEDIDA

Querido lector o lectora:

Espero que estas historias hayan sido de tu agrado.

Espero que tu espíritu se encuentre enamorado de la vida como lo está el mío.

Yo soy maestro y por eso termino dejándote esta tarea:

Lee libros, muchos libros y coméntalos con tus amigos.

Escribe tus cuentos y poesías y compártalos con todos.

Y si te salen mal …

¿Si te salen mal?...

¡Jamás! No, no, no.

¡Jamás te van a salir mal!

¡Ah! Pero tal vez necesiten revisión.

Así que, revísalos hasta que queden bien.

Buena suerte.

Hasta luego.

¡Y pura vida!

Si deseas comunicarte conmigo y compartir cualquier opinión o información sobre este libro, no dudes en hacerlo a través del correo electrónico:

rogerlorenzo10@yahoo.com

Notas.

3rd – Kindle – Fin.

Made in the
USA
Columbia, SC

81246934R00026